Un agradecimiento especial a Karen Ball.

Para Ewan Catt.

DESTINO INFANTIL Y JUVENIL, 2014
infoinfantilyjuvenil@planeta.es
www.planetadelibrosinfantilyjuvenil.com
www.planetadelibros.com
Editado por Editorial Planeta, S. A.

© de la traducción: Macarena Salas, 2014

Título original: *Amictus The Bug Queen*
© del texto: Working Partners Limited 2009
© de la ilustración de cubierta e ilustraciones interiores:
Steve Sims - Orchard Books 2009
© Editorial Planeta, S. A., 2014
Avda. Diagonal, 662-664, 08034 Barcelona
Primera edición: julio de 2014
ISBN: 978-84-08-12843-4
Depósito legal: B. 12.845-2014
Impreso por Liberdúplex, S. L.
Impreso en España – Printed in Spain

El papel utilizado para la impresión de este libro es cien por cien libre de
cloro y está calificado como **papel ecológico**.

Amictus,
la reina de los insectos

ADAM BLADE

$\mathcal{B}$ienvenido a un nuevo mundo...

¿Pensabas que ya habías conocido la verdadera maldad? ¡Eres tan iluso como Tom! Puede que haya vencido al Brujo Malvel, pero le esperan nuevos retos. Debe viajar muy lejos y dejar atrás todo lo que conoce y ama. ¿Por qué? Porque tendrá que enfrentarse a seis Fieras en un reino en el que nunca había estado antes.

¿Estará dispuesto a hacerlo o decidirá no arriesgarse con esta nueva misión? Él no se imagina que en este lugar viven personas a las que lo unen varios lazos y un nuevo enemigo dispuesto a acabar con él. ¿Sabes quién puede ser ese enemigo?
Sigue leyendo para saber qué va a pasar con tu héroe...

Velmal

PRÓLOGO

—¡Por el Hijo de Gwildor! —maldijo Gil mientras se abría paso entre la maleza con su oxidado machete—. Estas raíces son tan gruesas como mi brazo. —El curandero siguió avanzando entre las zarzas y despotricando mientras las espinas le arañaban la piel.

La jungla estaba llena de colores. Los amarillos intensos, los verdes esmeralda y las flores de color rojo como la sangre le hacían llorar. Hasta los troncos de los árboles brillaban como el cobre. Al mirar hacia arriba, al dosel de la selva, Gil vio un par de pájaros sobrevolando su cabeza. Sus plumas arcoíris brillaban sobre el azul celeste del cielo.

Gil arrastró su bolsa de tela hasta su cuerpo y se la puso encima del pecho. Recorría los árboles con la mirada a medida que se adentraba en la jungla. Sabía que él no era el único que buscaba las raíces del Chulla, así que debía moverse muy rápido. Ansiosamente, se cambió el machete de mano. Los árboles y las enredaderas bloqueaban el sol, pero incluso en la penumbra, los vivos colores de la jungla brillaban intensamente. Gil oía su propia respiración entrecortada. Con cada bocanada, sentía cómo se le llenaban los pulmones del aire cálido y húmedo de la selva.

«La próxima vez enviaré a un ayudante», se prometió. Si lograba encontrar la valiosa raíz de la Chulla, podría contratar a uno. Más animado, avanzó con ganas y pronto se encontró corriendo entre los árboles, sobre la rica tierra marrón.

Cuando rodeó el tronco de un árbol, se vio obligado a saltar hacia un lado para evitar pisar una fila de huevos de color lila. Sus cáscaras suaves emitían una luz que palpitaba en el suelo oscuro de la jungla.

—Qué curioso —murmuró Gil. Miró a su alrededor, consciente de que la criatura que había puesto esos huevos debía de estar observándolo, pero no vio ningún movimiento.

Se acercó a los huevos. La fila se extendía hacia el interior de la selva y no se veía el fin. «Por éstos me podrían dar...» Gil sonrió sin saber calcular su valor. ¿Cómo iba a hacerlo si nunca antes había visto huevos como ésos?

—Son valiosísimos —exclamó, extendiendo una mano temblorosa para acariciar la fría superficie de la cáscara lila. El huevo brilló al levantarlo y meterlo con mucho cuidado dentro de su saco. Dejó el machete en el suelo y fue a coger el siguiente huevo.

Una rama crujió detrás de él. Antes de que pudiera darse la vuelta, algo lo golpeó en la sien y lo lanzó al suelo de la jungla haciendo que viera las estrellas. Un líquido caliente empezó a caerle por la mejilla. Se la limpió.

¡Era sangre!

Una sombra se alzó sobre él y le dio un segundo golpe en la cabeza, derrumbándolo en el suelo.

—¡Para! —gritó—. ¡Coge todo lo que quieras!

Pero al intentar ponerse de pie, se dio cuenta de que lo que lo atacaba no era un simple ladrón. Delante de él vio dos garras verdes, palmeadas y brillantes,

con una piel gruesa. Armándose de valor, miró hacia arriba y descubrió unas patas largas y musculosas. Por encima estaba el cuerpo, más ancho que una casa y tan verde como la jungla. Sus pinzas gigantes se abrían y se cerraban amenazantes, mostrando unos pinchos asesinos que Gil sabía que lo podrían partir en dos sin problemas. Por fin, el curandero consiguió ver la cabeza de la Fiera. Tenía unos ojos saltones y furiosos, y la piel de un color verde enfermizo. Sus ojos se clavaron en los huevos

que asomaban en el saco de Gil. Éste se alarmó al darse cuenta de que su inmenso enemigo era la madre.

—Yo no quería... —empezó a decir intentando meterse entre la maleza. Pero una garra atravesó el aire y le cortó el brazo. El dolor era tan intenso que Gil ni siquiera tenía fuerzas para gritar y pedir ayuda. Los ojos de la Fiera se entrecerraron de rabia al volver a echar la garra hacia atrás y prepararse para atacar de nuevo. Gil cerró los ojos, deseando no haber puesto el pie en la jungla ese día, y esperó a que le llegara su hora...

CAPÍTULO UNO

LA TERRIBLE
VERDAD

«¿Cómo he podido ser tan tonto durante tanto tiempo?»

Tom observó la cara que lo miraba. La forma de la nariz, la intensidad de su mirada... Tom veía esas mismas cosas en el reflejo de su propia cara.

—Freya, tú... ¡tú eres mi madre! —exclamó. La mujer que tenía delante no dijo nada. Tom estudió su cara buscando alguna señal de emoción. Nada. Vacilante, se acercó y extendió la mano derecha para mostrársela. *Krab*, el Monstruo Marino, le había herido la mano durante la primera Búsqueda en Gwildor y se la había infectado con un veneno muy potente. Pero ahora ya no le dolía, gracias a las gotas de sangre de Freya que habían caído sobre la herida.

—¿Es eso lo que significaba el acertijo de Velmal? —preguntó una voz detrás de él.

Tom miró por encima del hombro y vio que Elena se frotaba la cabeza, donde había recibido el golpe, y se acercaba temblorosa hacia él. El golpe de Freya la había dejado inconsciente, pero ya se había recuperado.

Tom se volvió de nuevo hacia Freya y repitió las misteriosas palabras de Velmal:

—*Ichor Demater, Demater ichor:* el rojo al rojo, y vida a la muerte.

Freya era la madre de Tom, y su sangre roja le había salvado de una muerte segura.

Plata corrió hacia ellos y se puso entre Elena y Freya gruñendo amenazadoramente. En la cara de la mujer se dibujó una sonrisa helada.

Tom se rio nervioso.

—No pasa nada, *Plata* —dijo intentando calmar al lobo a pesar de su propia ansiedad. Tenía tantas preguntas. ¿Por qué Freya lo había abandonado cuando nació? ¿Por qué le habían dicho que se había muerto? ¿Cómo podía ayudarla a escapar de Velmal? ¿Alguna vez ella había...? Tom sintió una fuerte emoción en el pecho. ¿Alguna vez había pensado en él?

Un trueno resonó en los oídos de Tom y un rayo de luz morada hizo que él y Elena retrocedieran. El chico se enderezó, poniendo el escudo por delante para protegerse. *Plata* se acercó a las piernas de Elena y Tom oyó el relincho de *Tormenta* en la distancia.

«Mi caballo está lo suficientemente lejos y a salvo», pensó.

Velma apareció entre la neblina morada, flotando en el aire por encima de Freya. Con una calma inquietante, descendió al suelo hasta que sus pies tocaron una pequeña nube de polvo morado.

Había llegado la maldad.

Tenía una expresión dura en la cara y un brillo de desprecio en los ojos.

—La respuesta es no —dijo Velmal con una voz que le puso a Tom la carne de gallina.

—¿La respuesta a qué? —preguntó éste subiendo el escudo un poco más arriba en su brazo. Velmal llevaba su bastón con las dos cabezas de hacha. Los filos brillaban.

—Nunca pensó en ti —dijo Velmal.
Tom no pudo evitar echar un vistazo a
Freya, pero ella había bajado la cabeza
y no consiguió ver la expresión de sus
ojos.

—Ni te molestes —se burló Velmal—.
No verás ni media expresión de cariño.

—¡Mentira! —gritó Tom.

Velmal dio unos pasos hacia delante levantando el bastón. Su túnica ondeaba en el aire y su larga melena se movía sobre sus hombros.

«Mantente firme», se dijo Tom, a pesar de que sabía que el bastón podría partir su escudo por la mitad de un solo golpe. Velmal observó la cara del muchacho como si intentara leer lo que había detrás de sus ojos. Después se encogió de hombros y le dio la espalda para dirigirse hacia Freya, que seguía con la cara bajada.

—El corazón de Freya está invadido por la maldad —continuó el brujo—. Ella ya era así antes de que yo la encontrara. No quiere volver a ser buena. No te quiere.

Velmal conjuró una nueva nube de polvo morado y, lentamente, él y Freya se elevaron en el aire. Tom se lanzó hacia ellos, intentando alcanzar a su madre, pero con un destello de luz, los dos desaparecieron.

Entonces apareció otra visión: una nube brillante que flotaba hacia ellos. Tom desenvainó la espada y apuntó hacia la nueva amenaza que acababa de llegar. Pero vio una figura que salía de la nube y bajó la espada hacia un lado.

—¡Aduro! —gritó Elena mientras en la cara del brujo se dibujaba una sonrisa. Delante del brujo había otro hombre de anchos hombros y una cara familiar y amable.

—Padre —dijo Tom.

—Lo siento, Tom —dijo Taladón—. Siento que hayas tenido que enterarte de esta manera.

—Hemos venido todo lo rápido que hemos podido —dijo Aduro, moviendo una mano para apartar los últimos restos de la nube—. Sentí que se había desvelado el secreto de Freya. Debes de estar muy impactado. ¿Quieres continuar con tu Búsqueda?

—Si piensas que es demasiado para ti, lo entenderemos —añadió Taladón.

Tom recorrió el paisaje de Gwildor con la mirada. El cielo seguía teniendo el mismo azul intenso de antes y los campos brillaban con la hierba de color esmeralda. Era el reino más bonito que había visto en su vida y el que más necesitaba a un héroe.

Se volvió para mirar a sus amigos. Elena lo observaba atentamente.

Tom sintió una nueva determinación por dentro.

—No os preocupéis —dijo—. Nada hará que abandone mi Búsqueda.

Tormenta trotó a su lado y Tom le puso la mano en el cuello. Elena silbó para llamar a *Plata*.

—¿Entonces? —preguntó Elena—. ¿Cuándo empezamos?

—Ahora mismo —respondió el chico subiéndose a la montura de *Tormenta*. Elena se subió detrás de él y Tom llevó al caballo hasta donde estaban Aduro y

Taladón. Aduro sonreía, pero Tom notó que su padre tenía el ceño fruncido.

—Tenemos mucho de que hablar —dijo Taladón—. Un día contestaré a todas las preguntas que tengas. Pero de momento, esta Búsqueda tiene que ser tu prioridad.

—Conozco mis responsabilidades, padre —contestó Tom—. Pero cuando llegue el momento, no quiero más mentiras.

Taladón bajó la mirada y, en ese momento, Tom entendió lo afectado que estaba su padre. Taladón levantó la vista. Unas lágrimas brillaban en sus ojos profundos y marrones.

—Tú me diste la vida que me ha llevado a vivir estas aventuras —dijo Tom amablemente, intentando consolar a su padre—. No lo cambiaría por nada en el mundo. Pero algún día quiero saber la verdad...

Clavó los talones en los costados de *Tormenta* y el caballo salió al galope.

—¡La Búsqueda continúa! —gritó Tom levantando un puño en el aire.

CAPÍTULO DOS

EL HÉROE LOCAL

Tom dirigió a *Tormenta* por el camino por el que habían llegado, en dirección al pueblo minero de Gwildor.

—Debemos pagarle al tendero por el espejo —recordó a Elena. Hizo que su caballo se detuviera en el borde del pueblo y ató sus riendas de cuero a un poste. *Plata* se tumbó al lado de *Tormenta* y apoyó la cabeza en sus patas delanteras.

Elena se rio.

—Muy bien —le dijo al lobo—. Descansa mientras puedas.

Los dos amigos se metieron por la calle principal en dirección a la tienda donde Tom había encontrado la recompensa que lo ayudó en la batalla contra *Trema*, el señor de la tierra: un espejo con diamantes incrustados. En sus Búsquedas anteriores, además había conseguido una perla, un anillo de oro, unos guantes y una báscula.

—¿Cómo le vas a decir al tendero que no le puedes devolver el espejo? —preguntó Elena—. ¿Qué pasa si insiste en quedarse con *Tormenta*?

—En cuanto vea el diamante de la mina se olvidará de todo lo demás —le aseguró Tom. Se palpó el bolsillo para comprobar que seguía teniendo el diamante.

Tom notó que Elena se daba la vuelta repentinamente para observar a un grupo de personas que estaban en la esquina de la calle y los observaban al pasar. Los miraban boquiabiertos. Un señor señaló con un dedo tembloroso y le susurró algo a la persona que tenía al lado.

—¿Por qué nos miran así? —preguntó Elena—. Antes ni siquiera se habían fijado en nosotros.

—No lo sé —contestó Tom. Miró a un lado de la calle y vio a una mujer que se asomaba por una ventana abierta y los observaba.

—¡Es él! —gritó la mujer—. ¡Es él de verdad!

Su cabeza desapareció y la ventana se cerró de golpe. Unos momentos más tarde, apareció por la puerta de su casa y corrió hacia la calle. Sus tres hijos la seguían y gritaban emocionados.

La mujer agarró a Tom por los brazos y lo miró fijamente a la cara, estudiando todos sus rasgos. Con delicadeza, él le apartó los dedos.

—Creo que me está tomando por otra persona —dijo. Continuó andando y miró por encima del hombro. La mujer seguía observándolo mientras se acercaban más y los miraban.

—Vamos —dijo Elena empezando a correr. Tom sabía que aquella gente no era hostil, pero corrió detrás de su amiga hacia la tienda.

—Cuanto antes terminemos esta Búsqueda, mejor —murmuró.

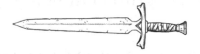

La campanilla de la tienda sonó cuando Tom y Elena abrieron la puerta. El lugar estaba lleno de objetos tirados y muebles mal cuidados. El tendero seguía sentado en el mismo taburete viejo en el que lo habían visto durante su visita previa. Pero ahora tenía algo entre las manos: un libro con tapas de cuero.

Cuando el hombre levantó la vista y vio a Tom y a Elena, se puso de pie de un salto y se acercó rápidamente hacia ellos. En su cara se dibujaba una amplia sonrisa.

—¡Bienvenidos! ¡Bienvenidos! —saludó apartando el polvo de un banco que había cerca y dirigiendo a Tom hacia allí. Tom dudó, pero él y Elena se sentaron.

»Es un honor volver a veros —continuó el tendero—. Me preocupaba que no regresarais nunca.

—Siento que mi caballo se haya escapado —dijo Tom—. Pero tengo algo que ofrecerle, una muestra de agradecimiento. —Sacó el diamante del bolsillo. Era casi tan grande como su puño y brillaba con una luz clara y pura. Esperó la reacción del hombre, pero el tendero empujó la mano de Tom a un lado impacientemente y levantó el libro.

—Mira lo que he encontrado. Eres tú, ¿verdad? —preguntó abriendo el libro a continuación.

Tom se quedó sorprendido al ver la página amarillenta. El libro era muy antiguo, el texto era ilegible y la tinta es-

taba corrida. Pero Tom pudo distinguir la imagen de dos viajeros, una chica y un chico. La chica tenía el pelo corto y oscuro. El chico llevaba una espada en la mano izquierda y un cinturón con joyas.

—Tom... somos nosotros —susurró Elena. Tom agarró con mucho cuidado el libro que tenía el tendero y se acercó al escaparate para ladearlo y poder examinarlo bajo la luz. Al estudiarlo atentamente, descubrió que en el fondo del dibujo había un caballo y... ¿era eso un lobo? ¿*Tormenta* y *Plata*?

Tom agitó la cabeza. Ésta era la segunda vez que alguien le mostraba la imagen de un chico que se parecía mucho a él. La última vez había sido un cuadro en la casa de una anciana en la región agrícola de Gwildor. La mujer lo había llamado...

—¡El Hijo de Gwildor! —El tendero

observaba a Tom con los ojos brillantes y muy abiertos.

Tom negó con la cabeza. Le devolvió el libro al tendero y le cogió la mano que tenía libre para ponerle el diamante en la palma de su mano.

—Yo no soy... —empezó a decir, pero entonces lo entendió. «Sí, sí lo soy —pensó—. Soy el Hijo de Gwildor.» Si ése era el reino de Freya, y Freya era su madre, no podía seguir negando la realidad: el chico del cuadro y el chico del libro eran Tom.

Se acercó dando grandes pasos a la puerta de la tienda y la abrió. Se sintió aliviado al respirar el aire fresco. Una multitud se había aglomerado al otro lado de la calle. Tom se abrió paso entre la gente y corrió por la calle principal para buscar a *Tormenta* y a *Plata*. Cuando desató las riendas de *Tormenta*, Elena ya había llegado a su lado.

—Lo siento —dijo Tom—. Tenía que salir de allí.

—No tienes que darme explicaciones —dijo Elena mientras subían al caballo. Tom llevó a *Tormenta* en dirección contraria al pueblo. Por delante de ellos se extendía el reino de Gwildor. Su misión era salvar su tierra de Velmal. Una relación de sangre lo unía a los habitantes del lugar.

«Son parte de mí —pensó—. Y yo soy parte de ellos.»

Ninguna Búsqueda había significado tanto para él como ésta, y tenía el presentimiento de que la siguiente Fiera iba a ser la más feroz y sanguinaria con la que jamás se hubiera enfrentado.

CAPÍTULO TRES

EL ESCUDO DE ARMAS DORADO

Mientras salían a caballo del pueblo con *Plata* corriendo a su lado, Tom notó que Elena se daba la vuelta en la montura.

—¡Tom! ¡Mira! —gritó.

El chico miró por encima del hombro y vio un movimiento. Entrecerró los ojos y consiguió distinguir una figura, después otra. ¡Eran los ciudadanos del pueblo! Una mujer movía ambas manos en el aire y su voz llegó con la brisa hacia ellos.

—¡Sé fuerte, Hijo de Gwildor!

Tom se volvió en la silla. Apretó las piernas en los flancos de *Tormenta* y su fiel caballo se alejó al galope hasta que las voces se perdieron en la distancia.

En cuanto pensó que se habían alejado lo suficiente del pueblo, tiró de las riendas de *Tormenta* para que se detuviera. Después sacó el amuleto de plata que llevaba debajo de su túnica y se pasó la tira de cuero por encima de la cabeza. Elena observó a Tom mientras le daba la vuelta al amuleto entre las manos. La superficie de un lado era plateada y brillante, con un círculo de esmalte azul en el centro. En el otro lado se veía el mapa de Gwildor tallado en el precioso metal. El mapa había guiado a Tom en todas sus Búsquedas en Gwildor y lo había ayudado a encontrar las recompensas que lo ayudaban a liberar a cada una de las Fieras.

Observaron cómo se formaban mágicamente dos caminos en el mapa y se adentraban en una selva. Por debajo había unas palabras escritas: «La Selva del Arcoíris».

—Tenemos que ir al Sur —murmuró Tom. *Plata* ladró impacientemente y Elena se rio al ver el entusiasmo del lobo cuando Tom volvió a colgarse con cuidado el amuleto al cuello y lo escondió bajo su túnica. Tom agarró las riendas de *Tormenta* y dirigió al caballo hacia el Sur, mirando al sol para orientarse.

—¿Listos? —preguntó Tom. *Plata* pateó el suelo y *Tormenta* movió la cabeza.

—¡Más listos que nunca! —dijo Elena. Su amigo chasqueó la lengua y presionó las rodillas en los costados de *Tormenta*. El caballo empezó a andar. ¡Ya estaban de nuevo en camino!

Ahora Tom sabía adónde le llevaba su Búsqueda. A la peligrosa y calurosa selva.

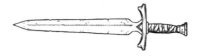

Se detuvieron en el borde de la Selva del Arcoíris. Las copas de los árboles se alzaban sobre sus cabezas. Elena miró de izquierda a derecha, admirando los brillantes colores del bosque tropical de Gwildor.

Tom sacó el amuleto y le dio la vuelta. Ahora los dos caminos se separaban, aunque ambos se adentraban entre los árboles. Un camino iba hacia lo que parecía un pequeño dibujo de un telescopio de cobre. El otro daba a un pequeño insecto. Elena soltó una risa de sorpresa al ver el amuleto.

—¿Vamos a enfrentarnos a un bicho? —preguntó. Tom notó una sensación de miedo. Había algo en la imagen de esa Búsqueda que lo hacía sentirse inquieto. Debajo de la imagen había una palabra grabada.

—*Amictus* —susurró Tom. Sonaba al nombre de un enemigo mortal. Guardó el amuleto y miró entre los árboles. Apenas consiguió distinguir un camino. Señaló—. Por ahí.

Elena siguió a Tom mientras éste se adentraba en la jungla. *Tormenta* caminaba a su lado pisando cuidadosamente con los cascos el follaje, mientras *Plata* corría por delante muy animado. El calor de la jungla los golpeó como una pared en cuanto se metieron entre los árboles. Una gota de sudor le bajó a Tom por la espalda. Oyó que Elena respiraba con fuerza detrás de él mientras avanzaban entre los matorrales. Unas gruesas gotas de agua cayeron de la punta de unas hojas grandes y verdes, y una fila de hormigas rojas corrían alrededor de un tronco caído. Mariposas gigantes volaban por encima de sus cabezas mientras unas columnas de luz del sol se asomaban entre los escasos huecos que había entre las copas de los árboles.

¡Fussssss!

Tom se agachó y se protegió la cabeza con las manos. Elena se arrodilló a su lado. Al cabo de un rato, Tom se asomó cautelosamente por debajo del codo. Vio un loro enorme que abría las alas al posarse sobre una rama. Suspiró aliviado.

—No es nada —dijo ayudando a Elena a levantarse.

—No es nada —repitió el loro imitándolo.

—Qué raro —dijo Elena—. Sólo había oído hablar a los loros en los cuentos de piratas.

Observaron al loro alzar el vuelo y alejarse volando con sus alas multicolores extendidas.

Tom se encogió de hombros.

—A mí ya no me sorprende nada en Gwildor —dijo—. Vamos. La recompensa de Freya debe de estar cerca.

Siguió por el camino, empujando una rama a un lado y metiéndose por debajo. Cuando llegó a un claro, se quedó de piedra.

—¿Por qué te has...? —Las palabras de Elena se disolvieron en sus labios.

Delante de ellos había un barco enorme, escorado hacia un lado. Su casco estaba cubierto de musgo, y del mástil pendía una vela muy vieja y desvencijada. En el centro del barco había una cabina con una puerta que colgaba de las bisagras. Unas balas de hierro oxidado descansaban al lado de un cañón agrietado y rollos de cabos deshilachados se extendían por toda la cubierta llena de hojas.

—¿Qué hace un barco en medio de la selva? —se preguntó Tom en voz alta—. Estamos muy lejos de la costa y... —Sus palabras se perdieron en el aire cuando sus ojos se detuvieron en una insignia de colores desgastados en la cabina del

barco. Era la imagen de una armadura que en su día debió de ser dorada, pero ahora estaba descolorida. Era la misma armadura que Tom había usado antes.

—Ése es el escudo de armas del rey Hugo —dijo Tom—. ¡Este barco es de Avantia!

CAPÍTULO CUATRO

EL TESORO

—¿Qué hace un barco de Avantia en Gwildor? —preguntó Tom.

—Vamos a descubrirlo —contestó Elena dirigiéndose hacia la nave.

Tom se volvió hacia los animales.

—Quedaos aquí —ordenó. *Plata* se agachó y *Tormenta* movió la cabeza para mostrar que había entendido. Tom no podía arriesgarse a que sus animales se hicieran daño con las maderas podridas del barco. Apretó el escudo contra su espalda y subió al barco detrás de Elena por la pasarela de madera que daba a cubierta.

—Según el mapa, la siguiente recompensa de Freya es un telescopio —dijo Tom—. Tiene sentido que esté en un barco.

Tom miró a su alrededor y vio el aparejo colgando y la campana del barco vieja y oxidada. Las maderas crujían bajo sus pies y un clavo se soltó cuando se subió a la cubierta superior. Por suerte, consiguió apartarse justo a tiempo, pero la tabla podrida se partió y dejó al descubierto el interior del casco. Tom se asomó y le pareció ver un brillo metálico.

—Creo que he encontrado la recompensa —dijo colgándose de las manos. Afortunadamente, ya no le dolía la mano por el veneno de *Krab*. Se soltó y cayó de golpe al lado de una caja de madera llena de paja. Miró por encima del hombro y se dio cuenta de que Elena lo observaba desde una escotilla que había en cubierta.

Tom se arrodilló al lado de la caja y empezó a sacar la paja a puñados, hasta

dejar al descubierto una bolsa de cuero con una tira. La cogió y al moverla oyó un ruido metálico. Le dio la vuelta a la bolsa y cayeron un montón de monedas de oro en su mano.

—Podríamos usarlas para comprar cosas —dijo Elena—. Ya casi no nos quedan provisiones.

Tom se ató la bolsa de cuero suave a su cincho.

—A lo mejor deberíamos dejar algo a cambio —dijo pensando en voz alta—. No me parece bien que nos la quedemos así, sin más...

—Puedo pagar con mi mejor flecha —sugirió Elena. Se desató el carcaj y empezó a sacar sus flechas hasta que por fin encontró la que estaba buscando. Tenía la punta hecha con un pedernal afilado y la madera era de palo de rosa pulido. Tom sabía lo valiosa que era esa flecha para Elena. Su amiga se la pasó con mucho cuidado y él la puso en la caja.

Todavía quedaba un objeto dentro de la caja. Tom apartó el polvo y levantó un precioso telescopio de bronce, con diamantes incrustados.

—La recompensa de Freya —murmuró, soplando para quitar el polvo del cilindro.

Tenía una gruesa lente de cristal a cada lado. Tom lo extendió con mucho cuidado y lo observó. Pegó un silbido de admiración. En ese momento, el barco crujió y se inclinó hacia un lado.

—¡Tom! —llamó Elena—. Tenemos que salir de aquí.

Alargó una mano para ayudar a Tom a salir por la escotilla sin dejar de sujetar el telescopio por debajo del brazo. El barco se volvió a mover y se oyó un ruido de clavos que se desprendían y tablas de madera que crujían.

—¡Es hora de desembarcar! —gritó Tom mientras salía por la escotilla. Saltó desde cubierta y rodó entre la maleza, protegiendo el telescopio con las manos contra el pecho.

Al no poder usar las manos para protegerse de la caída, siguió rodando hasta que su cuerpo se detuvo al lado del grueso tronco de un árbol.

Oyó a Elena gritar mientras saltaba por el aire tras de él. El barco se movió una vez más y se deslizó a través de la jungla mientras unos monos chillaban alarmados y un pájaro salía volando.

Tom recuperó la respiración y examinó el telescopio. Miró por la lente más pequeña y apuntó a un lugar lejano en la jungla, demasiado apartado para poder observar todos los detalles a simple vista. Pero lo único que pudo ver fueron los árboles que tenía cerca. «¿Estará roto?», se preguntó. Con el telesco-

pio veía exactamente lo mismo que sin él. Podía ver a *Tormenta,* a *Plata* y... ¡un momento! De pronto descubrió a dos escarabajos que empujaban una bola de estiércol por el suelo de la selva. Estaban demasiado lejos para poder verlos a simple vista. Un poco más allá, distinguió una libélula enorme que volaba sobre una laguna estancada. «Qué raro», pensó.

Apartó el telescopio de la cara y observó la jungla. ¡Los insectos habían desaparecido! La libélula, con sus alas transparentes, no se veía por ninguna parte. Tom levantó el telescopio y volvió a mirar por él, ajustando la lente. Sí, allí estaba. Las estrechas alas de la libélula brillaban con fuerza delante de él.

—Mira hacia allí —le dijo a Elena.

Elena frunció el ceño confundida.

—Sólo veo una laguna —dijo.

Tom le pasó el telescopio.

—Ahora mira con esto. —Observó cómo Elena levantaba el aparato de bronce brillante y se lo ponía delante del ojo derecho. Dio un grito de emoción.

—¡Es increíble! —dijo bajando el telescopio para mirar a Tom—. Pero no lo entiendo.

—La recompensa de Freya nos permite ver cosas que normalmente están camufladas —dijo Tom.

—¡Es increíble! —exclamó Elena—. Hace exactamente lo contrario que el anillo mágico que te permite hacerte invisible.

Plata lanzó un aullido de curiosidad, corrió hacia Elena y se sentó a su lado, mirándola a la cara. *Tormenta* trotó lentamente hasta ellos. Tom cogió el telescopio y lo metió en la bolsa de cuero que guardaba en una de las alforjas de la montura del caballo. Allí estaban todas las recompensas.

Tom miró a su alrededor. ¿Qué le estaría esperando en esa Búsqueda? Palpó el telescopio a través de la bolsa de cuero y notó una sensación de luz y tranquilidad en el pecho.

—Ya nada puede sorprendernos —dijo.

—¡Tom! —gritó Elena, empujándolo a un lado. Los dos cayeron al suelo mientras el mástil del barco se estrellaba contra la tierra a su lado formando nubes de polvo. Una risa malévola se oyó entre los árboles.

Tom pegó un puñetazo en el suelo.

—¡Velmal! —gritó poniéndose de pie y buscando su cara malvada y su risa cruel entre la jungla. Pero no consiguió

ver ningún rastro del brujo oscuro y se sintió muy frustrado. Levantó la cara hacia los árboles y gritó:

—¡Mientras la sangre corra por mis venas, te venceré, Velmal, y liberaré a mi madre!

CAPÍTULO CINCO

FURIA ESCONDIDA

La risa de Velmal desapareció. Tom volvió a consultar el mapa y vio que el camino que daba a la Fiera se dirigía hacia el Este. Se subió a la silla de *Tormenta* y Elena se colocó detrás. *Plata* ladró emocionado al ver que se ponían en movimiento y se adentraban en la jungla. *Tormenta* pisaba con cuidado esquivando las raíces de los árboles, las ramas y las enredaderas colgantes.

Por el camino, Tom vio un lago a través del telescopio. Observó a un pez que se escondía de un depredador. Bajó el telescopio y el pez quedó camuflado entre unas piedras. Sólo podía verlo con el telescopio mágico.

Un poco más adelante en el camino, vio a un camaleón que sacaba y metía la lengua mientras descansaba sobre una planta de un color anaranjado intenso. Cuando apartó el telescopio de la cara, la criatura desapareció.

—Es alucinante —exclamó Tom—. ¡La jungla está llena de criaturas escondidas!

—Déjame ver —pidió Elena. Tom le pasó el telescopio por encima del hombro. Llevaba las riendas de *Tormenta* y sonrió al oír los gritos de alegría de su amiga, hasta que de pronto...

—¡Tom, para! —gritó Elena—. Mira eso.

El chico tiró con fuerza de las riendas y vio lo que Elena había descubierto:

una fila interminable de huevos de color lila que descansaban sobre el suelo de la selva. Los cascos delanteros de *Tormenta* estaban a pocos centímetros del primer huevo. Tom se bajó de la silla y se acercó a observarlos detenidamente.

Las cáscaras tenían un brillo misterioso e iluminaban las plantas a su alrededor.

—¡Son preciosos! —exclamó Elena arrodillándose al lado de un huevo.

Puso el telescopio en el suelo y, con cuidado, se limpió las manos en la túnica para después coger uno de los huevos. Tom tocó otro y sintió su superficie suave. Dudó. Notó una sensación extraña al tocarlo.

—Déjalo en el suelo —le dijo a Elena.

¡Clac!

El sonido provenía de detrás. Tom no se atrevía ni a mirar a Elena por si un movimiento brusco pudiera resultar fatal.

—¿Qué ha sido eso? —murmuró Elena.

Entonces oyeron un segundo ruido, esta vez unos crujidos. Después, un chasquido y un gruñido a medida que las ramas se doblaban y se rompían unos palos. Pero Tom no podía ver nada. Ya no podía permanecer inmóvil más tiempo. Rápidamente, se puso de pie y se volvió para coger el telescopio de la alfombra de hojas. Se lo llevó a la cara y estudió la jungla. Una pata de color verde esmeralda apareció a la vista. Tenía unos pinchos peligrosos. Levantó un poco más el telescopio y vio dos pinzas gigantescas y la mirada de un par de ojos vidriosos que le atravesó el corazón.

¡Había encontrado a la última Fiera de Gwildor!

—*Amictus* —exclamó.

La Fiera se encontraba delante de un árbol verde del que colgaban unas vainas largas de sus ramas más altas. El lugar perfecto para que el insecto verde se camuflara. Sin el telescopio, Tom nunca habría podido ver a su enemigo.

Amictus estiró una pata y cortó el aire delante de la cara de Tom. El chico consiguió apartarse justo a tiempo y empujó a Elena detrás de él para protegerla. Sintió un chorro cálido que le bajaba por el cuello y la oreja le ardía de dolor.

¡La Fiera lo había herido! Notó una sensación de rabia que le subía por dentro. «¡No pienso dejar que me venza tan rápido!»

Amictus volvió a atacar y a Tom se le cayó el telescopio al suelo. Se llevó la mano a la empuñadura de su espada. Por suerte, *Amictus* se estaba moviendo y le resultaba mucho más fácil verla. Tom desenvainó la espada y el filo silbó al salir de la funda. Apuntó con la punta al pecho de la Fiera, donde supuso que tendría el corazón.

«Si es que *Amictus* tiene corazón...»

Elena se puso a su lado, con una flecha en el arco lista para hacer lo que fuera necesario.

Los ojos de *Amictus* se entrecerraron con rabia. Estiró la pata con pinchos y le dio un golpe a Tom en las costillas, haciendo que se tambaleara peligrosamente cerca de los huevos lila. Otro furioso rugido llenó la selva. De pronto, Tom lo entendió todo.

Cogió a Elena y la arrastró detrás de un árbol gigante.

—Esos huevos los ha puesto *Amictus* —le dijo Tom—. ¡Ella es la madre!

Elena palideció al ver que la Fiera se acercaba merodeando por la selva, mientras arrancaba los árboles y la vegetación a su paso.

—¿Qué vamos a hacer? —preguntó—. ¡Está furiosa!

Tom oyó a *Tormenta* relinchar. Miró al otro lado de la jungla y vio a su valiente caballo galopando hacia él, esquivando la pata de *Amictus*, que intentó golpearlo en un flanco.

—Buen chico —le dijo a su caballo cuando *Tormenta* se detuvo a su lado. Tom acercó una mano a las alforjas mientras observaba nerviosamente a la Fiera. *Amictus* miraba a *Tormenta*, con los ollares abiertos, como si estuviera oliendo al caballo y midiendo su fuerza. Tom tenía que darse prisa. Sacó el saco con las recompensas. Rebuscó en su interior mientras sus pensamientos se aglomeraban en su cabeza para decidir qué recompensa lo ayudaría a vencer a *Amictus*.

—¡Eso es! —gritó Tom cerrando los dedos en el anillo dorado. Se lo puso en uno de sus dedos y estiró la mano. Vio que las puntas de sus dedos se volvían borrosas y después desaparecían. La invisibilidad se extendió por su brazo hasta el codo y Tom tuvo una sensación de emoción al mirar hacia abajo y ver que su cuerpo había desaparecido. Mientras se mantuviera inmóvil, seguiría siendo invisible. Sabía que Elena y *Tormenta* no lo podían ver, pero todavía podían oír su voz.

—Quédate aquí, *Tormenta* —ordenó Tom—. Elena, voy a salir. Cuando vuelva a dejar de moverme y *Amictus* me vea desaparecer, dudará. Ésa será tu oportunidad.

—Estaré preparada —susurró Elena con los ojos muy abiertos.

Tom salió de su escondite. Rápidamente cogió el telescopio del suelo de la jungla antes de quedarse inmóvil en su sitio. *Amictus* giró su inmensa cabeza, lo vio y lanzó un silbido de victoria. La Fiera saltó por la maleza, y avanzó entre los árboles y los matorrales con sus inmensas patas. Pero en cuanto Tom se quedó quieto, empezó a desaparecer. *Amictus* de pronto se detuvo y se dio la

vuelta buscándolo ansiosamente por toda la jungla.

«¡No me ve!», pensó Tom.

Había llegado el momento de vencer a la última Fiera.

CAPÍTULO SEIS

NACE UN NUEVO ENEMIGO

Se oyó el silbido de una flecha haciendo un arco en el aire en dirección a *Amictus*. Justo cuando estaba a punto de darle, *Amictus* saltó hacia un lado. Se movió tan rápido que Tom no vio más que una nebulosa verde que corría por la jungla, directa hacia...

—¡Elena! —gritó. La Fiera salió disparada hacia el árbol donde estaba Elena escondida. Tom empezó a correr y cuando llegó al árbol, vio cómo *Amictus* atacaba a Elena y le daba un golpe al carcaj haciendo que saliera volando por los aires y las flechas se desperdigaran por el suelo. Elena se quedó inmóvil, mirando a la cara de la Fiera. *Amictus* se alzó sobre ella, con su pinza afilada lista para partirla en dos.

Tom corrió hacia ellos, cogió a Elena por la muñeca y la arrastró por el suelo de la jungla. La pinza de *Amictus* se movió en el aire y se clavó profundamente en el tronco del árbol. Con un grito de frustración que hizo eco entre los árboles, *Amictus* intentó sacar su pinza, pero estaba atascada. Puso los músculos en tensión y volvió a tirar hasta que consiguió sacarla del tronco, dejando un gran agujero en la madera.

—Eso es lo que me podría haber pasado —susurró débilmente Elena.

Tom miró a su alrededor desesperadamente. Vio un arbusto bajo y denso cubierto de flores y bayas rojas.

—Perfecto —murmuró. Miró hacia atrás y vio que su amiga se había quedado paralizada observando a *Amictus*, que retrocedía para volver a inspeccionar sus huevos—. Vamos —dijo. Chasqueó la lengua para llamar a sus amigos los animales y corrió hacia el arbusto, agachándose para mantenerse escondido. Apartó un racimo de bayas y se metió entre las ramas—. *Amictus* no te verá aquí —le dijo a Elena mientras *Plata* se tumbaba al lado de su dueña. Fuera del arbusto, *Tormenta* esperaba obedientemente detrás de un árbol. Sabía que debía mantenerse escondido.

—Quédate aquí con *Plata* y *Tormenta* y cúbreme —le pidió a Elena.

—Tú no puedes pelear solo con *Amictus* —le dijo Elena con el ceño fruncido.

—Si te quedas escondida, la Fiera sólo se concentrará en mí, y eso te permitirá atacarla por sorpresa —dijo Tom—. Ya has visto lo rápido que se mueve. Debemos tener mucho cuidado o nos matará en un instante.

—Entiendo —dijo Elena arrodillándose al lado de *Plata*—. Pero ten mucho cuidado.

Tom sonrió débilmente.

—Lo haré. —Se quitó el escudo y se lo pasó a Elena—. Si *Amictus* te ataca, defiéndete con esto.

Respiró hondo y salió gateando.

Amictus seguía agachada sobre los huevos. Tom se quedó inmóvil y esperó a que su cuerpo se volviera completamente invisible. Vio cómo la Fiera olfateaba el aire y después se estiraba, alzándose por encima de los árboles más pequeños. Su cuerpo acorazado brillaba bajo la luz del sol, y sus patas largas y musculosas parecían poder partirle el cuerpo en dos. Su gigantesca cabeza se movía de un lado a otro mientras observaba los árboles.

«Está intentando oler mi rastro», pensó Tom.

Tom se obligó a quedarse quieto. Le resultaba muy difícil controlar la respiración. Sintió un calambre en los músculos de la pierna por los nervios y se puso la mano encima para intentar controlar el temblor. El más mínimo movimiento podía hacer que la silueta de su cuerpo volviera a aparecer durante un momento. Por suerte, *Amictus* no lo vio.

La Fiera empezó a adentrarse en la jungla, pasando fácilmente con sus largas patas entre los arbustos y la maleza. Ahora que la tenía cerca, Tom vio los cientos de pinchos que había en las pinzas. Su piel brillaba con fuerza. Una de sus pinzas emitía una luz verde especialmente brillante.

«Eso es lo que la mantiene bajo el maleficio», pensó. El brillo verde era la marca de Velmal, con lo que mantenía a las Fieras bajo su maleficio.

Amictus dio un salto hacia un claro de la jungla justo delante de Tom. «No te muevas —se dijo Tom a sí mismo—. No dejes que te vea.» Esperó y esperó. Por fin, *Amictus* miró por encima de su hombro. Tom sólo tenía unos segundos para actuar. Había llegado el momento de dejar de ser invisible.

«Es hora de moverse.»

Desenvainó su espada haciendo un ruido que resonó entre los árboles.

En cuanto *Amictus* giró la cabeza y la agachó, Tom levantó la espada y la blandió contra un lado de su cara. *Amictus* cayó derrumbada al suelo, moviendo las patas y temblando. Tom se tuvo que apartar de su camino para que no le dieran sus patas llenas de pinchos. Lentamente, la Fiera dejó de temblar y cerró los ojos. Tom dudó, después dio un paso y observó la cara de la Fiera.

«¿La he dejado inconsciente? —se preguntó—. ¿O algo peor?»

Una pata salió disparada y sus pinchos se clavaron en la pierna de Tom. El chi-

co pegó un grito de dolor y la apartó, pero los pinchos le habían desgarrado la piel. ¡La Fiera no estaba herida! ¡Estaba fingiendo! *Amictus* se incorporó. Hinchó el pecho al echarse hacia atrás y levantó la cara hacia el cielo para soltar un rugido de rabia. Al mismo tiempo, otro ruido resonó entre los árboles. Eran unos crujidos, como si...

—¡Oh, no! —gritó Tom—. ¡Los huevos se están abriendo!

¡Craaaac!

El sonido llenó la jungla seguido de otro ruido: un zumbido bajo de alas que se movían en el aire. Tom observó impresionado cómo los trozos de las cáscaras lila caían al suelo y cientos de pequeños insectos empezaban a aletear en el aire. Las crías de insecto formaron una nube oscura que se movía entre los árboles. Tom oyó los chillidos de placer de *Amictus* detrás de él. Entonces la nube avanzó y lo rodeó antes de que pudiera reaccionar. Sintió el primer pinchazo en la piel de una cría de insecto que le clavó los pinchos de su pata. Lo rodearon más insectos y Tom se tapó la cabeza con las manos y se agachó mientras el ruido de sus zumbidos le llenaba los oídos y le clavaban los pinchos en la carne.

—¡Fuera! —gritó Tom, moviendo las manos desesperadamente en el aire. Vio que *Amictus* se movía entre la nube de insectos. La Fiera levantó una pata y le dio un gran golpe haciendo que saliera rodando hasta el arbusto donde estaba Elena. Aterrizó con un gran golpe que lo dejó sin aire en los pulmones. Durante un momento no pudo respirar

ni gritar. Oyó que *Amictus* emitía un chillido de placer y el zumbido de los insectos que lo miraban desde el aire. También vio a Elena que lo observaba con los ojos muy abiertos desde su escondite.

«Mi plan no ha funcionado», admitió Tom para sus adentros mientras intentaba recuperar la respiración. Pero no iba a abandonar la lucha. Se levantó tambaleándose y se enfrentó a la nube de Fieras miniatura.

—¡Descubriré cómo vencerla!

CAPÍTULO SIETE

DUELO EN LA JUNGLA

Tom oyó un crujido y al levantar la vista vio que Elena estaba saliendo de su escondite. Pudo apreciar la mirada de determinación en su cara. Elena empezó a apartar a los insectos con el escudo. Algunos cayeron al suelo, heridos, pero sus alas se volvían a enderezar y se elevaban de nuevo en el aire con el mismo zumbido insistente.

«¡Son imparables!»

Elena se acercó a Tom y puso el escudo delante de los dos. Se quedaron agazapados en el suelo, protegidos por un lado por el escudo y por el otro, con el arbusto que tenían detrás. Lentamente, el zumbido fue desapareciendo y los pequeños insectos se alejaron hacia su madre.

Elena se asomó por un lado del escudo.

—¿Te has dado cuenta? —preguntó.

Tom, al oírlo, se mordió el labio nerviosamente.

—¿De qué?

Elena asintió en dirección a *Amictus* y sus crías.

—Que ahora que han conseguido alejarte de *Amictus*, los insectos no parecen estar interesados en atacarte. Creo que ellos no están sometidos al maleficio de Velmal como su madre.

Tom frunció el ceño mientras observaba la jungla. Las crías de insecto bailaban alegremente en el aire alrededor de su madre.

—Ya veo lo que dices —asintió—. En realidad no son malos, sólo quieren protegerla. —En ese momento, Tom se acordó de su padre y pensó cómo él se habría peleado por su hijo hasta la muerte. Después pensó en Freya, su madre, que hasta entonces creía muerta. ¿No estaba poniendo él su propia vida en peligro con la esperanza de poder liberarla algún día de la magia malvada de Velmal?—. Entiendo por qué lo hacen —le dijo a Elena—. Pero son un problema. ¿Cómo vamos a acercarnos a *Amictus* con esa pared de insectos en medio?

Cogió el escudo que tenía Elena y se lo puso encima del brazo.

—¿Puedes esperar aquí un poco más? —le preguntó a su amiga—. Creo que sé lo que tengo que hacer.

Elena asintió.

—Si necesitas ayuda, grita —susurró. *Plata* se agachó en la tierra cerca de sus talones y ella lo acercó. Un poco más atrás, *Tormenta* relinchó, como si le estuviera diciendo lo mismo a Tom.

Tom dio un paso adelante, poniéndose al descubierto. *Amictus* inmediatamente se quedó inmóvil y su cuerpo desapareció, camuflándose con un árbol gigante. Tom se asomó por el telescopio de bronce y vio su silueta.

«No te puedes esconder de mí.»

La Fiera estiró una pata verde y brillante y silbó, poniéndose también al descubierto. Con su garra apuntaba a Tom. Los pequeños insectos se volvieron hacia él. Antes de que pudiera levantar el escudo, se formó una nube oscura en el aire y sintió un nuevo ataque de cientos de pinzas que se le clavaban en la piel y le tiraban del pelo. Los zumbidos resonaban en sus oídos. Tom se alejó de sus enemigos tambaleándose y apenas pudo oír el grito de alarma de su amiga.

«¿Qué habrá visto Elena?», se preguntó mirando hacia arriba. Ahora podía ver que las crías de insecto se habían juntado formando una pelota que muy pronto adquirió forma de daga y lo apuntaba.

—No —susurró Tom, cubriéndose la cabeza con el escudo mientras los insectos salían disparados hacia él. El escudo tembló con el impacto de los insectos en la madera. El chico sintió que los músculos de sus brazos se ponían en tensión al intentar sujetar el escudo que se estaba elevando y alejándose de sus manos. Los insectos se habían puesto en el canto y habían clavado las pinzas en la madera para llevárselo por los aires. «¡Me están robando el escudo!».

Tom se puso de pie y gritó de rabia mientras clavaba los talones en la tierra. Pero su grito se desvaneció en su garganta al ver que los insectos estaban ganando la batalla. Uno por uno, sus dedos se fueron separando del escudo mientras subía cada vez más alto hasta que por fin se lo arrebataron por completo. Los insectos se elevaron por encima de las copas de los árboles y luego desaparecieron muy rápidamente de la vista.

¡Se habían llevado el escudo de Tom con los seis premios mágicos!

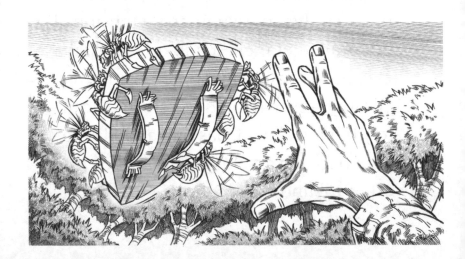

Lentamente, Tom se dio la vuelta. Nada. No conseguía ver a la Fiera por ninguna parte. Con las manos temblando, sacó el telescopio de cobre de su túnica, y al mirar, lanzó un grito de sorpresa.

Allí estaba *Amictus*, al lado de una piedra enorme. Se movió lentamente hacia el chico, poniéndose a la vista, con un brillo de placer en los ojos, y su pinza verde envenenada por el diabólico Velmal brillaba más que nunca.

Tom se quedó paralizado en su sitio, esperando que el anillo de oro lo volviera invisible. Pero los pequeños insectos salieron una vez más de entre los árboles y lo atacaron, obligándolo a moverse y a hacerse visible.

No había ningún lugar para esconderse.

Tom echó un vistazo a la piedra que había cerca de *Amictus*. Cuando la Fiera levantó su inmensa pinza, él corrió hacia la roca, se subió por un lado y alargó una mano hacia un árbol de ramas retorcidas y frutos bajos. Como todo en ese reino, el árbol era precioso, pero Tom sólo veía los frutos gordos, redondos como globos y cubiertos de pinchos, que lo ayudarían a formar una línea perfecta de defensa contra la Fiera.

Siguió trepando por el árbol, saltando de una rama a otra. El árbol se movía y temblaba mientras *Amictus* metía las patas entre las ramas, pero sólo conseguía clavar las pinzas en la carne amarilla de la fruta madura. La Fiera rugió de frustración mientras echaba las pinzas hacia atrás.

Alrededor del árbol, se habían alineado las crías de insecto, listas para volver a proteger a su madre. Pero al ver a Tom subiendo por las ramas, parecieron dudar. Lo observaban con sus pequeños ojos, sin parpadear. *Amictus* señaló con su pinza verde a Tom y silbó para ordenar a sus crías que lo atacaran.

Pero ellas no se movieron.

«No quieren atacarme», se dio cuenta Tom. Elena tenía razón. El maleficio de Velmal no había contaminado la sangre de las crías. Por primera vez en esa Búsqueda, sintió que recuperaba la esperanza.

«¡Puedo vencer a *Amictus*!»

CAPÍTULO OCHO

CARA A CARA

Tom observó con atención a los insectos mientras se retiraban. Volaban a una distancia prudencial, observando atentamente, pero sin atacar.

—Ahora la pelea será justa —murmuró Tom. Levantó la voz para llamar a *Amictus*—: ¡Esto es entre tú y yo!

La Fiera abrió los ojos y rugió. Estaba lista para la pelea.

Tom se arrastró hasta el extremo de la rama y saltó a un árbol que había cerca. Empezó a saltar entre las ramas, impulsándose con el cuerpo y agarrándose con las piernas. Se aferró a unas enredaderas retorcidas y bajó hasta el suelo. Mientras corría entre los árboles, *Amictus* intentaba atraparlo con sus gigantescas pinzas, pero el chico era más rápido que ella. Aunque por muy poco.

Amictus siguió persiguiendo a Tom mientras sus crías volaban por encima de su cabeza, zumbando intensamente. Tom oía a la Fiera llamando a otros insectos pequeños, dando órdenes, pero los insectos continuaban sin atacarlo. *Amictus* movió una pinza en el aire con frustración.

Tom estaba escondido detrás de un árbol, intentando recuperar la respiración. Sabía que no podía seguir corriendo para siempre. «Tengo que acercarme a ella de alguna manera —se dijo a sí mismo—. Si no lo hago, ¿cómo conseguiré sacar el veneno de su pinza?»

Pero ¿cómo iba a acercarse sin poner su vida en peligro? Al menor indicio de que iba a atacar a la madre, sus crías lo atacarían de nuevo. Sólo podía hacer una cosa. Tom necesitaba volverse invisible una vez más.

Apretó el cuerpo contra el tronco de un árbol y esperó, sin apenas moverse. Se miró el pecho y vio que su cuerpo se hacía más pálido hasta desaparecer por completo. Entonces levantó la vista y observó la jungla. «Venga —pensó—. Ven a buscarme.»

Oyó los crujidos de ramas pisoteadas y plantas arrancadas de la tierra por las raíces. *Amictus* rugió y atacó violentamente con su pinza verde unos frutos con espinas que había a la izquierda de Tom mientras sus crías revoloteaban en el aire. Un poco más cerca y la pinza le habría cortado el cuello.

La Fiera se acercó, aplastando con las

patas las cáscaras de huevo que yacían vacías en el suelo. Cuando la inmensa cabeza de *Amictus* giró por encima de Tom, éste notó un brillo de duda en sus ojos. La Fiera volvió a rugir y golpeó la tierra con su pinza, haciendo que las hojas cayeran de los árboles.

Lentamente, Tom se llevó la mano a la empuñadura de su espada, consciente de que, al hacerlo, la silueta borrosa de su cuerpo se pondría al descubierto. Si *Amictus* miraba hacia abajo, lo vería. Más lentamente todavía, desenvainó la espada. Entonces, con un movimiento rápido, levantó el filo por encima de su cabeza para clavárselo a la Fiera en la pinza envenenada.

Pero cuando Tom movió la espada, *Amictus* miró hacia abajo. Con un movimiento rápido de su pinza, le pegó un golpe y lo hizo salir volando por los aires. A Tom se le hizo un nudo en el estómago al darse cuenta de que empezaba a caer de cabeza ¡directo a la boca de *Amictus*! Con un grito, consiguió girar el cuerpo y apoyar los pies en la cara de la Fiera. Extendió los brazos para frenar el golpe, pero cayó en sus peligrosas mandíbulas.

Con un crujido desgarrador, *Amictus* empezó a cerrar las mandíbulas. ¡Tom estaba atrapado!

El chico levantó las manos desesperadamente y atrapó a dos crías de insecto que estaban a punto de clavarle las pinzas en los ojos. Al cerrar la mano, notó cómo rompía sus delicadas alas entre los dedos y oyó unos débiles gemidos de dolor. Apretó lo suficiente para inmovilizar sus pinzas para que no le pudieran picar, pero no las mató.

Después acercó la mano en la que tenía los insectos hacia su pecho y los sujetó ahí mientras sentía cómo se quedaba sin aire en los pulmones mientras las mandíbulas de *Amictus* se cerraban con fuerza. A Tom le salían lágrimas por los ojos mientras intentaba respirar.

«No puedo acabar así», pensó mirando hacia la jungla con la vista borrosa.

No veía a Elena por ninguna parte, ni a *Plata* ni a *Tormenta*. Vio unas manchas negras delante de sus ojos y sintió que la barbilla se le clavaba en el pecho.

La Búsqueda había llegado a su fin. Nunca más volvería a ver a sus amigos. Y jamás descubriría la verdad sobre su madre.

CAPÍTULO NUEVE

INSTINTO MATERNO

Un grito de angustia hizo que Tom recuperara el conocimiento. Miró hacia arriba y vio que *Amictus* estaba observando a las dos crías de insecto que Tom todavía tenía atrapadas en su puño. Los pequeños insectos temblaban con los ojos cerrados y sus alas vibraban.

—Estás matando a tus propias crías —jadeó Tom. Sabía que *Amictus* no podía entender sus palabras, pero esperaba que se diera cuenta de que si ella seguía aplastándolo y lo mataba, él aplastaría a las crías con sus últimos estertores. Tom no quería matarlas y esperaba que *Amictus* lo soltara.

Tom estiró el cuello, y abajo, muy lejos, vio a Elena. Había salido de su escondite y *Tormenta* y *Plata* estaban a su lado. Incluso desde esa distancia, Tom consiguió ver las lágrimas que le bajaban por las mejillas mientras disparaba una flecha tras otra, pero las puntas rebotaban inútilmente en el caparazón de *Amictus*.

Cuando ya no quedaba ninguna esperanza, Tom oyó un grito de dolor que provenía de la Fiera. Sintió el viento que le movía el pelo mientras notaba que descendía y se dio cuenta de que *Amictus* se había puesto de rodillas. Tenía la cabeza echada hacia atrás y los ojos cerrados con fuerza. Tom sintió cómo se le movía el pecho con cada respiración, como si intentara luchar contra algo interno. El veneno verde de su pinza, a veces, se hacía más débil y otras veces más fuerte.

—¡Elena! —gritó Tom a su amiga haciendo una gran esfuerzo—. *Amictus* está luchando contra el maleficio de Velmal.

Sabía que la Fiera no quería matar a sus propias crías. «Sólo puede impedir su muerte si saca el veneno de Velmal de su cuerpo y me suelta», pensó. *Amictus* estaba luchando una gran batalla interior. El maleficio de Velmal era muy fuerte.

Tom observó la pinza pulsante de *Amictus* y vio que tenía una espina clavada en la piel. Parecía una de las espinas de la fruta que había destrozado.

«¿Podré ayudarla?», pensó Tom.

Usando las últimas fuerzas que le quedaban, estiró la mano desde las mandíbulas que lo mantenían aprisionado. Las dos crías de insecto gritaron de dolor al hacerlo, pero sabía que no le quedaba otra opción.

Amictus movió la pinza cerca de su cara y Tom estiró la mano y consiguió cerrar el puño alrededor de la espina brillante. Cuando la tenía bien sujeta, tiró de ella y consiguió sacarla dejando un agujero en el caparazón. Un líquido apestoso y verde empezó a salir del agujero. Dejó un rastro por la pinza y cayó al suelo.

—¡Cuidado! —le gritó Tom a Elena—. ¡Apártate!

No quería que su amiga se envenenara con el maleficio de Velmal. Por suerte, Elena consiguió apartar a *Tormenta* y *Plata* a un lado justo antes de que las gruesas gotas de veneno verde cayeran al suelo de la jungla y quemaran unos agujeros en la tierra de los que salían pequeños hilos de humo.

Tom miró la cara de *Amictus*. Sus ojos parpadearon lentamente por la sorpresa, y su respiración empezó a calmarse. Lentamente, la Fiera soltó a Tom y él, a

su vez, liberó a los insectos, que volaron torpemente intentando estirar las alas aplastadas. En la cara de *Amictus* se dibujó una especie de sonrisa. Se agachó y lentamente puso a Tom en el suelo y lo dejó en libertad. A Tom le temblaban las piernas al sentir cómo el aire fresco llenaba sus pulmones. Elena corrió hacia él, lo rodeó con los brazos y enterró la cara en su hombro.

—Estás vivo —le oyó decir con la voz apagada.

—Sí —dijo Tom—, y *Amictus* ahora es libre.

Con delicadeza, Tom apartó los brazos de Elena y dio unos pasos hacia atrás para mirar a la Fiera. *Amictus* estiró delicadamente la pinza hacia sus crías, y éstas flotaron en el aire delante de ella, soltando pequeños gritos de alegría.

—¿Sabes lo que quiere decir esto? —le preguntó Tom a su amiga mientras *Tor-*

menta se acercaba y le ponía la nariz en la mano.

—¿Qué? —preguntó Elena.

Tom se agachó para coger el escudo que estaba en el suelo de la jungla, donde los insectos lo habían tirado. Le quitó el polvo y se lo colgó al hombro.

—Significa que si *Amictus* puede luchar contra el maleficio de Velmal, Freya también podría hacerlo —dijo con un nudo de emoción en la garganta—. Y lo hará, Elena. Mi madre se liberará.

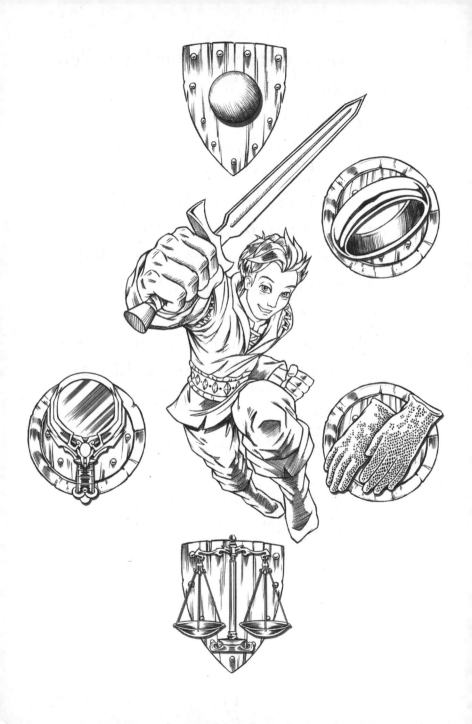

CAPÍTULO DIEZ

NUEVOS REINOS

—¡Tonterías!

Tom se dio la vuelta y entonces vio a Velmal de pie detrás de él. A su lado estaba Freya, con la cara pálida y tensa, mientras el brujo sujetaba su mano con puño firme.

Velmal dio un paso adelante, arrastrando a Freya con él.

—¿Realmente piensas que vas a vencerme? —espetó el brujo lanzando un vendaval de furia. Los árboles se movieron con el fuerte viento y las ráfagas de aire revolvieron las hojas muertas del suelo de la jungla.

—Ya lo he hecho —dijo Tom forzándose a sonar calmado—. He liberado a la última Fiera de Gwildor. Tu malvado reino ha llegado a su fin.

Los ojos de Freya se clavaron en Tom, y al cabo de un momento, el chico notó que asentía levemente. Era la primera vez que su madre le hacía una señal. Parecía estar diciéndole que siguiera siendo fuerte, que hiciera lo que tenía que hacer. Eso era lo único que necesitaba Tom.

Se adelantó y desenvainó la espada.

—Lucharé hasta el final —dijo retando al malvado brujo. Detrás de él, oyó a Elena que sacaba una flecha de su carcaj y la ponía en el arco.

Velmal se rio.

—Aléjate de este mundo, niño, o te

prometo que... tu madre sufrirá hasta la muerte.

Mientras el brujo hablaba, su puño se cerraba con fuerza alrededor de los dedos de Freya y Tom oyó el crujido de sus huesos. Freya cerró los ojos con fuerza para luchar contra el dolor. Intentó mantenerse en pie, pero le temblaban las piernas.

—¡No! —gritó Tom—. Yo soy el hijo de Gwildor. —Freya abrió los ojos al oírlo—. Mi deber es luchar por esta tierra.

La risa del brujo se apagó en su garganta y se le borró la sonrisa de la cara. Velmal empujó a Freya al suelo, levantó su bastón con la doble hacha en la punta y lo agitó cortando el aire con sus filos.

—¡Prepárate para perder! —gritó Tom disponiéndose para la batalla mientras el brujo seguía moviendo su bastón.

Velmal luchaba muy bien, tan bien que Tom sabía que estaba usando su magia para ayudarse. Pero él no pensaba ponérselo fácil. Blandía la espada con fuerza y esquivaba los golpes del brujo, que intentaba darle con el bastón o clavarle el filo de sus hachas en el pecho. Una y otra vez, Tom se apartaba y apuntaba con su arma a Velmal, pero cada vez que lo hacía, el brujo desaparecía usando su magia y aparecía en otro sitio. Era una pelea prácticamente imposible.

«¿Qué puedo hacer?», pensó Tom. Entonces recordó el rubí que llevaba incrustado en el cinturón, un regalo de *Torgor*, el minotauro. El rubí le permitía comunicarse con las Fieras. Y cerca de allí había una Fiera... Rápidamente, sacó el rubí del cinturón y lo sujetó en alto.

—¡*Amictus*! —gritó. Durante un momento, la jungla se quedó en silencio. Después, se oyó un ruido ensordecedor cuando apareció el cuerpo del insecto gigante entre los árboles. La Fiera partió el tronco enorme de un árbol con su pinza y se preparó para lanzárselo a Velmal.

El brujo se quedó pálido al verlo.

—¡No! —espetó Velmal moviendo una mano en al aire para hacer que apareciera un círculo con los colores del arcoíris. Tom oyó un grito de sorpresa de Elena. El círculo de luz se estrechó formando un túnel que hacía un arco y

se alejaba por la jungla hacia... ¿quién sabía dónde?

Velmal agarró a Freya por la muñeca y la arrastró hacia el túnel. Después se volvió y lanzó una última mirada victoriosa a Tom. Freya seguía detrás y también lo miró. Lo observó con ojos suplicantes, hasta que Velmal por fin se metió en el túnel y la arrastró con él. Con un estallido de luz, desaparecieron de la vista.

Tom corrió hacia el túnel y se asomó por el abismo arcoíris.

—¡No! —gritó. Ahora que había conocido a su madre, la había vuelto a perder. Tom se dirigió a la abertura del túnel que flotaba en el aire para meterse dentro.

—¡No vayas! —dijo Elena tirando del hombro de Tom. Su amigo se volvió para mirarla con un pie en el túnel y el otro en el suelo sólido de Gwildor. Miró a su amiga a los ojos—. ¿Estás seguro de lo que vas a hacer? —le preguntó Elena.

Detrás de ella, *Plata* y *Tormenta* lo observaban pacientemente.

—No sabemos adónde lleva ese túnel, y a lo mejor, la magia de Aduro no es lo suficientemente fuerte como para encontrarte. Tal vez nunca vuelvas.

—Tengo que hacerlo —contestó Tom—. Freya es mi madre.

Elena asintió firmemente.

—Entonces, nosotros iremos contigo.

Tom se metió en el túnel y sus amigos lo siguieron. La entrada se cerró detrás de ellos y el muchacho notó una sensación cálida en el cuerpo mientras avanzaba hacia la luz en dirección a un nuevo mundo. Todas las preguntas que tenía sobre su madre tendrían que esperar. Ahora debía salvarla.

Su Búsqueda en Gwildor había finalizado.

Sin embargo comenzaba una nueva Búsqueda.

ACOMPAÑA A TOM EN SU SIGUIENTE AVENTURA DE *BUSCAFIERAS*

Enfréntate a las Fieras.
Vence a la Magia.

www.buscafieras.es

¡Entra en la web de *Buscafieras*!

Encontrarás información sobre cada uno de los libros, promociones, animación y las últimas novedades sobre esta colección.

Fíjate bien en los cromos coleccionables que regalamos en cada entrega. Cada uno de ellos tiene un código secreto en el reverso que te permitirá tener acceso a contenidos exclusivos dentro de la página web de *Buscafieras*.

¿Ya tienes todos los cromos?
¡Atrévete a coleccionarlos todos!

¡Consigue la camiseta exclusiva de BUSCAFIERAS!

Sólo tienes que rellenar **4 formularios** como los que encontrarás al pie de esta página de **4 títulos distintos** de la colección Buscafieras. Envíanoslos a EDITORIAL PLANETA, S. A., Área Infantil y Juvenil, Departamento de Marketing (BUSCAFIERAS), Avda. Diagonal, 662-664, 6.ª planta, 08034 Barcelona

Promoción válida para las 1.000 primeras cartas recibidas.

Nombre del niño/niña: ....

Dirección: ....

Población: .... Código postal: ....

Teléfono: .... E-mail: ....

Nombre del padre/madre/tutor: ....

☐ Autorizo a mi hijo/hija a participar en esta promoción.

☐ Autorizo a Editorial Planeta, S. A. a enviar información sobre sus libros y/o promociones.

Firma del padre/madre/tutor:

BUSCAFIERAS
Nº 30
PRUEBA DE COMPRA
